Il testo è stato pubblicato per la prima volta
su "l'Unità", il 18 dicembre 2005.

ndadori.it

p.A., Milano
Prima edizione settembre 2013
Stampato presso ELCOGRAF S.p.A.
Via Mondadori, 15 – Verona
Printed in Italy
ISBN 978-88-04-63202-3

Andrea Camilleri
Magarìa

illustrato da
GIULIA ORECCHIA

MONDADORI

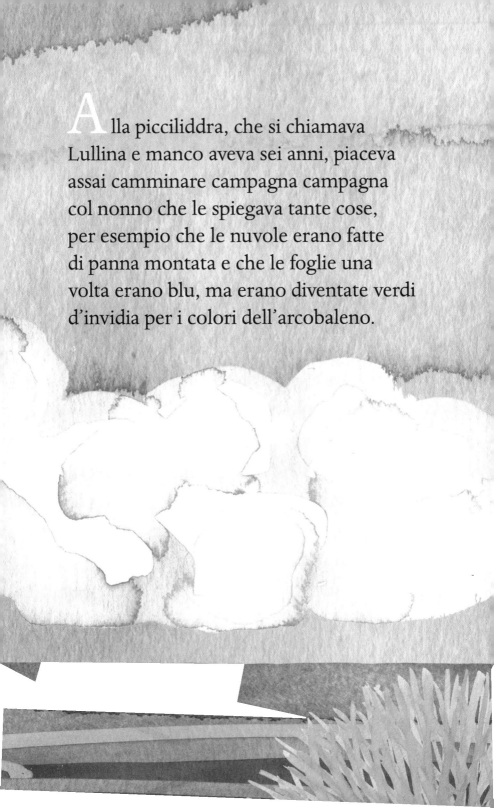

Alla picciliddra, che si chiamava Lullina e manco aveva sei anni, piaceva assai camminare campagna campagna col nonno che le spiegava tante cose, per esempio che le nuvole erano fatte di panna montata e che le foglie una volta erano blu, ma erano diventate verdi d'invidia per i colori dell'arcobaleno.

Oppure le raccontava favole inventate apposta per lei.
Come questa.

*C'*era una volta un grillo
che non faceva solo cri-cri come tutti
gli altri grilli, ma sapeva fare anche cra, cre,
cro, cru.

CRA

CRE

CRO

CRU

Si mise a studiare e, studia che ti studia, diventò un acclamato concertista. Riusciva a fare dei cra che parevano trombe, dei cre che parevano sassofoni, dei cri che parevano violini, dei cro che parevano tromboni, dei cru che parevano… timpani.

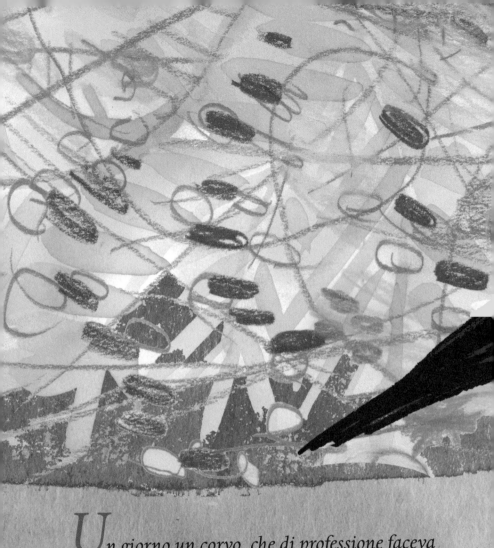

Un giorno un corvo, che di professione faceva
l'impresario, organizzò una grande sfida,
in forma di concerto, tra il grillo solista
e un usignolo, l'uccello che sa cantare meglio
di tutti gli altri.

Al concerto assistettero
milioni di animali
che alla fine
diedero il loro voto.

Vinse il grillo. Disperato, l'usignolo si gettò
a mare e venne ingoiato da una balena
di passaggio.

Dopo un po' di tempo che stava nella pancia della balena, l'usignolo s'annoiò e cominciò a cantare. Le altre balene credettero che fosse la loro compagna a emettere quei suoni melodiosi e si misero a battere freneticamente le code, provocando una tempesta.

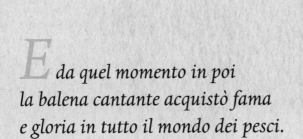

E da quel momento in poi
la balena cantante acquistò fama
e gloria in tutto il mondo dei pesci.

Ma la picciliddra non rise.
Pareva assorta in un suo pensiero,
forse non aveva manco sentito
quello che il nonno le aveva contato.

«Che hai?» le spiò il vecchio
a un certo momento della passeggiata.
«Niente, no'» rispose Lullina, evitando
però la taliata insistente del nonno.
  "Non vuole incontrare il mio sguardo"
    pensò il nonno. "Fa sempre così
      quando mi vuole ammucciare
        qualcosa."

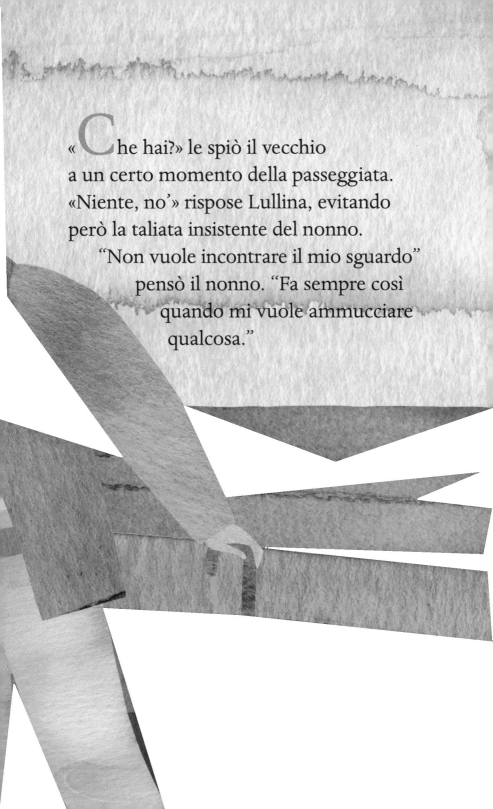

Allora s'assittò sopra una grossa pietra
e attirò a sé la picciliddra restia.
«Lullinè, non me la conti giusta.
Se ti capitò o hai fatto qualche cosa,
dimmelo. Lo sai che io t'addifendo
sempre.»

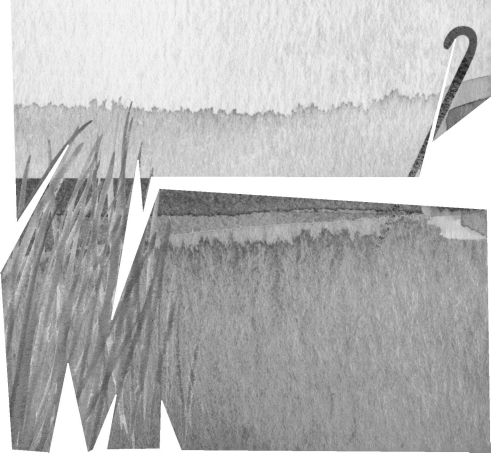

«E va bene» fece Lullina tutto
d'un fiato. «Stanotte ho fatto un sogno.
È spuntato uno e mi ha detto un segreto
che non devo dire a nessuno.»
Il vecchio sorrise, lo divertivano
le fantasie dei bambini.
«Nemmeno a me?»
«Nemmeno a te.»

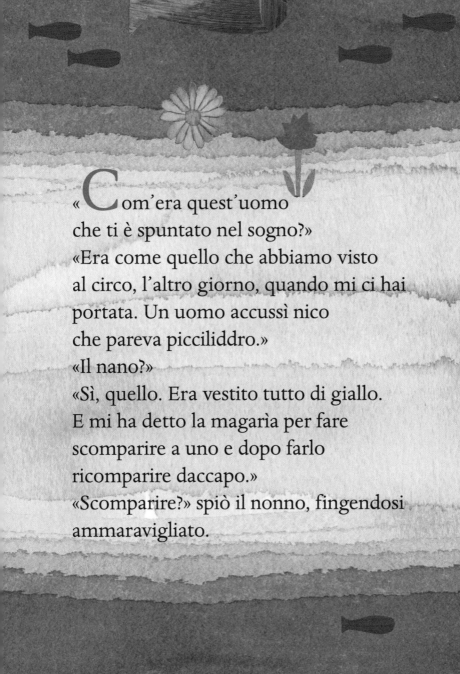

«Com'era quest'uomo
che ti è spuntato nel sogno?»
«Era come quello che abbiamo visto
al circo, l'altro giorno, quando mi ci hai
portata. Un uomo accussì nico
che pareva picciliddro.»
«Il nano?»
«Sì, quello. Era vestito tutto di giallo.
E mi ha detto la magarìa per fare
scomparire a uno e dopo farlo
ricomparire daccapo.»
«Scomparire?» spiò il nonno, fingendosi
ammaravigliato.

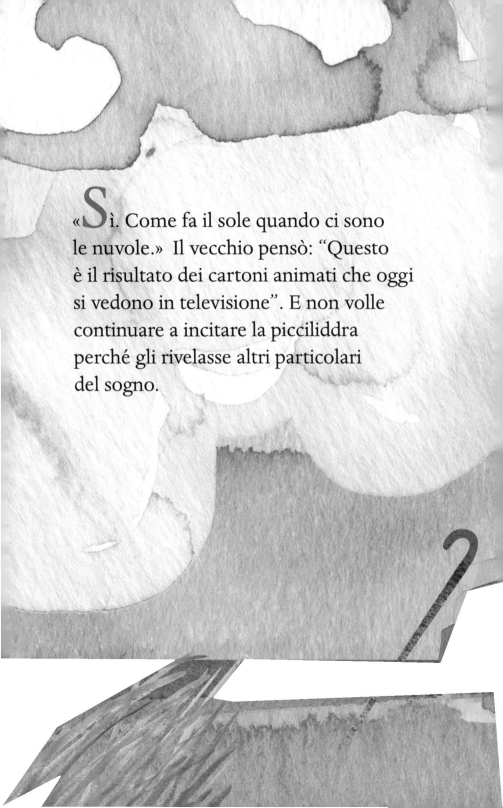

«Sì. Come fa il sole quando ci sono le nuvole.» Il vecchio pensò: "Questo è il risultato dei cartoni animati che oggi si vedono in televisione". E non volle continuare a incitare la picciliddra perché gli rivelasse altri particolari del sogno.

Ma Lullina oramai ci aveva pigliato gusto a contare al nonno il suo segreto. «Si dicono sette parole mammalucchigne e si scompare. Per ricomparire, bisogna che qualcuno dica altre sette parole mammalucchigne e si ricompare.»

«E tu te le ricordi quelle parole?»

«Certo. Facciamo la prova?»

«E facciamola» consentì il vecchio, divertito e cercando di trovare le parole giuste per dopo, quando avrebbe dovuto consolare la disillusione della nipotina.

Lullina si scostò da lui di un passo,
chiuse gli occhi, incrociò le braccia
sul petto dicendo: «Fiririri, borerò,
parupazio, stonibò, qua non sto».

FIRIRIRI
BORERÒ

E scomparve.

Il vecchio agghiacciò. Balzò in piedi
e si mise a gridare: «Lullina! Lullina mia!
Dove ti sei ammucciata?»

Nessuna risposta. E intanto cercava
e cercava, tra le troffe di capperi,
tra le pale di ficodindia, tra le lame
della saggina, darrè i massi, darrè
le gobbe del terreno, dintra gli anfratti,
dintra agli spalanchi.

Niente. Alla fine, esausto,
si gettò affacciabocconi per terra,
piangendo.

Però, siccome non voleva arrendersi all'evidenzia, dopo tanticchia balzò nuovamente in piedi.
Gli era venuta una pensata.

Cosa aveva detto Lullina prima
di scomparire? Capace che quelle sette
parole mammalucchigne avevano
anche il potere di far ricomparire quelli
che facevano scomparire.
Con voce tremante disse:
«Firirò, parupazio…»

FIRIRÒ
PARUPAZIO

No, non era questa la formula giusta.
E poi, Lullina era stata chiara:
le sette parole mammalucchigne
della scomparsa erano diverse
dalle sette parole mammalucchigne
della ricomparsa. E lui, stupido,
credendo si trattasse di una fantasia,
quelle sette parole non se le era fatte dire
dalla picciliddra.

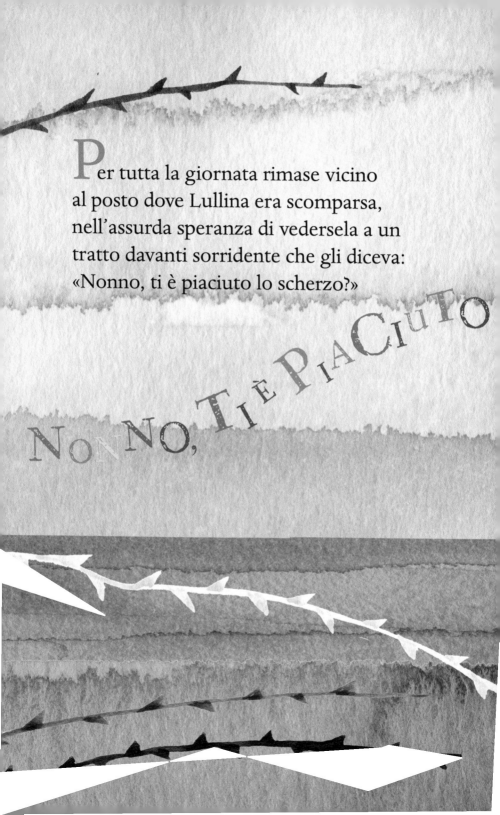

Per tutta la giornata rimase vicino al posto dove Lullina era scomparsa, nell'assurda speranza di vedersela a un tratto davanti sorridente che gli diceva: «Nonno, ti è piaciuto lo scherzo?»

LO SCHERZO

Q uando principiava a scurare,
andò dal maresciallo dei Carabinieri
e gli contò la storia.

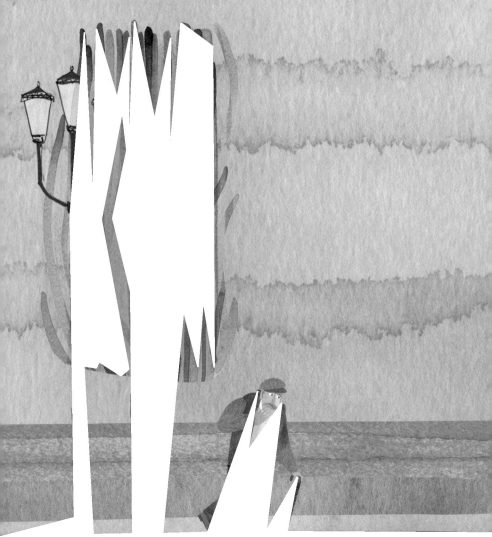

Il Maresciallo lo taliò sospettoso. «Avete bevuto?» spiò. Non aveva creduto a una delle parole che il vecchio gli aveva detto.

Ma siccome
era scrupoloso come
tutti i carabinieri, si fece
accompagnare sul posto
dove Lullina era scomparsa e si mise
a cercare con i suoi uomini.

Cercano per tre giorni
e tre notti di fila e non trovano niente,
manco un capello di Lullina.

Allora il Maresciallo si fece
persuaso che il nonno, va' a sapere
perché, aveva ammazzato Lullina
e ne aveva nascosto il corpicino
in qualche posto segreto che solo
lui conosceva.

Il giudice lo fece quasi impazzire
con le sue domande, ma lui non poteva
fare altro che ripetere all'infinito quello
che era capitato.

Lo condannarono
all'ergastolo, ma Dio ebbe pietà
di lui e lo fece morire di crepacuore
dopo tre giorni soli di galera.

Qui finisce la favola.
E non ci resta che intonare il *De profundis*
per l'anima innocente del nonno.

FINE

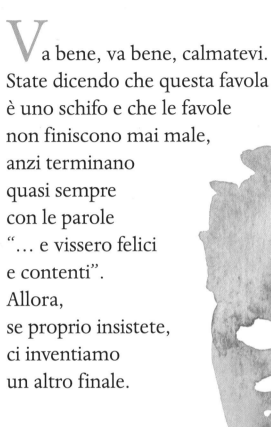

Va bene, va bene, calmatevi.
State dicendo che questa favola
è uno schifo e che le favole
non finiscono mai male,
anzi terminano
quasi sempre
con le parole
"… e vissero felici
e contenti".
Allora,
se proprio insistete,
ci inventiamo
un altro finale.

Il povero vecchio venne condannato
all'ergastolo. La prima notte di carcere,
mentre piangeva e piangeva, gli parve
di intravedere, tra le lacrime,
una presenza evanescente che pareva
una stampa e una figura con Lullina.

Pensò a un'allucinazione.
Però sentì la voce della picciliddra
che gli diceva: «Nonno, ripeti
le sette parole mammalucchigne
che fanno scomparire».

Come per miracolo, il vecchio se le ricordò. «Fiririri, borerò, parupazio, stonibò, qua non sto.»

FIRIRIRI

BORERÒ

PARUPAZIO
STONIBÒ

QUA NON STO

E di subito scomparve macari lui. La mattina appresso, quando i secondini aprirono la porta della cella, la trovarono vuota.

Il nonno, in un posto che non sapremo mai, si era ricongiunto alla sua nipotina.

FINE

N eanche questo finale
vi sta bene?
D'accordo, d'accordo:
ve ne invento
un terzo.
Ma che sia
l'ultimo!

Il vecchio ripeté le sette parole mammalucchigne e si ritrovò fuori dalla cella, nel posto esatto dove Lullina era scomparsa, in campagna.

Qui il vecchio vide che ad aspettarlo c'era un nano vestito di giallo, il quale gli disse: «Ripeti queste sette parole: Gatto dispari, gatto paro, guarda come ricomparo».

GATTO DISPARI
GATTO PARO
GUARDA COME

Il vecchio le ripeté, Lullina ricomparve, il nano giallo sparì.

E la sapete una cosa? Il nonno
e la nipotina furono condannati
dal giudice a pagare una multa
per aver turbato l'ordine pubblico.

E come volete voi,
pagata la multa,
"vissero felici
e contenti".